눈 뜨는 날

눈 뜨는 날

김용하 시집

토담미디어

흰빛의 연습

논산과 강경 사이 '미나다리'
그 밑에서 주워 왔다는데
마른 풀밭 차로 스친 3년
바람만 노는 작은 다리
넘어보지 못한 머릿속 흰빛

모호하게 태어난 한 대목 전설
이야기로 지어내 보니
신비한 끌림 있어, 일생 매만지며 산다

끝이다, 하는 말은 유언 같아서 싫다
쉬지 않고 그 길 가볼 예정이다
오래다 보니 꽃들이 시들기 전
뜨거운 나를 그릇에 담아내고 싶다
다리 밑 전설을 퍼내며 사는 그 일,

* 미나다리 : 논산 채운면에 있는 오래된 다리

차례

9

1부

물인가요?

떠도는 물인가요?

구름이 다 물이라지요?

하늘까지 닿았던 그 일

바닥에서 날아오른 물기

가벼이 안고 찰랑이다

남모르게 흘린 이승의 눈물

아래로 아래로 바다 행인가요?

쓰고 버림받아 떨어진 물인가요

일상 물속에 살다

산야 폭포로 부서져

정화되는 아픔을 겪고서야

강에서 만나 바다로 가나요?

마르지 않는 물에서 태어났나요?

가을인데

촛불집회가 문화행사라며
추적추적 더듬어 오는 빗소리
유령이 난무하는 을씨년스러운 밤
오물 뒤집어쓴 어지러운 꿈
바다로 다 가자네요
종치고 막 내리자는 이야긴가요?

흘러 꽃으로 피어보게 가야하나요?
우리에게 봄은 왔다 간 것 맞나요?
오월부터 들이닥친 여름이 달달 볶아
35도 기록하며 2016년을 철저히 가르치지만
기억 없는 구구한 이론에 묶여
순리의 배에 다 타고 가자는 것을
겨우 참아 사는데 결국 가자네요

최고라는 국회님들 하늘을 가려
아름다운 가을잔치는 엉망이 되었네요.

촛불집회에 팔린 정신 찾을 수 없어

정신 쓰레기로 흩어진 것 아닌가요?

제정신 찾아내기 글렀나요?

홀로아리랑

심중에 도는 사랑의 레시피는
구름과 안개의 혼합체제 같아
마주잡을 손이 없네
같이 부를 노래가 없으니
살벌한 벌판에 외로운 들꽃 한 송이

생사를 놓지 않고 흔들리며 살다
제 자리에 엮인 일생
오늘 혼자 놀고
혼자 생각하는
홀로 아리랑이네요

저녁에

컴에서 멀어지고
일에서 물러나야 되는 시간
제 굴 허공 땅 속 가공의 집에
가시밭 헤치고 오느라 발이 젖었네
꿈에 빠지거나 공상 세계를 맴돌아도
사회가 눈감아 준다

돌아보면 신기할 것 없는 집에
불을 켜고 쌀을 씻어 상을 차려 밥을 푸나
방만한 자유 감당이 안 돼 몸 둘 곳 없네

건성 행복하다며 살아 있는 거
가끔 천당을 기웃대며 푸념하는 거
기회를 놓쳐 불행하다며 한탄하나
할 일 만들어 분배하는 인생인 것 알지만
불행이 행복을 키워주는 것 안다

새처럼 날아

새가 날아간다

그어놓은 철책선 북쪽 날기를 포기한

DMZ 민간 통제선 언제 철 나 화해를 소리치나

녹색허리띠 248km를 조이고 발걸음 뚝

새들 오가며 느슨해지면 다시 조이고

70여 년 으르렁대며 깊어진 불목의 상처

피붙이 나이 들어 얼굴 잊혔는데

어제는 비가 쏟아져 남북이 합수로 만나

정수리에 쏟아지는 질타의 물소리 큰데

물길 손으로 막아지더냐?

사랑이 얼마나 중요하다는 걸 아는데

사랑을 그리다 지쳐 죽었는데

이산의 아픔을 온 국민이 앓고 있는데

매해 북으로 꽃소식을 전해 주지만

실망한 봄이 돌아가는구나,

새처럼 백두산을 향해 까맣게 날아가

'다 용서해' 소리쳐 얼싸안으면 안 되나?

태풍의 길

태풍 15호 고니가 온다는데

환영의 인파가 다 숨어

서귀포 동쪽 해상에 배들 방목에 달아매

밤을 지새우고 동해로 북상하는 태풍을 보내고야

숟가락을 들었다나

죽은 자 가라앉고

산 자 떠오른다!

언제 그랬냐는 듯 바람이 기도 중

악종은 그냥 지나가게 하라

시시비비는 하루의 일과지만

다시 오기 마련

태풍을 비켜 평화가 오는 중인가

행복에 마음 주며 즐겨 사는 거야

깨를 볶는다

씻어 물 묻은 깨가 엉켜

저어가며 볶는다

성급한 깨 한 톨 뜨겁다며

문 열고 탁! 튀어나간다

뒤따라 내가 먼저라며 타 탁, 타다닥

뒤처질세라

인생 뒤처지면 찬밥 신세

용쓴다, 튀어서라도 인생 붙잡아 돌려

제 세상 만들어 혼자 잘살아보려고

불붙여 따끈하고 고소한 맛으로

그대에게 가려고…

미쳤다

대추나무 민낯 좀 봐

파릇한 얼굴 디밀더니

불그레 상기되어

무엇이 부끄러워 저러나?

나 그런 적 있었지만

왜 그랬나?

머리에서 떠나고

지금 딱지 앉은 상처에

무서리 내려쌓이고 있다

미쳤어, 미쳤어

왜 옛날의 젊었던 때를 떠올리나

이 가을에…

천지를 몰라

세상 나 때문에 존재하는가 싶다가
착각하지 마!
머리에 드나든 말일 뿐
면벽 뒤 뭐 하나 보이지 않는 청맹靑盲과니
옆 사람으로 한평생 살고도 속을 모르니
몰라도 괜찮은 밤이 오는가?
할 일 제치고 돌아 온 길

빈손 흔들어 바람을 보내버리고
최초에 빈 손 지금도 빈손
세상의 불순물인가 싶어 고개 흔들며
낮을 보내고 밤을 맞는다
세끼 시간을 깨물어 먹으며
안 해도 되는 일만 하다
안 먹어도 되는 나이만 먹었구나

감나무

씨들 멋진 주황색 궁궐에 살리려

자랑스럽게 세상에 대고 소리치나

나 좀 봐줘용~ 그리고 달아용~

의미 있는 외침이 들린

개미 까치 사람 번차례로

달콤한 궁궐 공격이다

애간장 태우는 감나무

발로 툭 차, 떨어진 것 반만 집어 먹으며

단맛에 취해

주렁주렁 다 뭐 할 거야?

나무, 지가 효도 볼 것도 아니면서

바보는 어쩔 수 없다

세상의 어미들은 다 바보천치…

좋다는 천당

한 팔십년 걸어야 도착인 천당
그간 할 짓 못 할 짓 다 한 마당에
거르지 않고 춤춘 나무들이나 가라
나 해낸 게 없어 그렇다

시절에 맞춰 자고 먹고
만나 사랑하고 아프고
너무 많이 와버려 돌아보니 아득해
매일 가까이 가길 청하던 천당
버티며 왜 안 가려고 용쓰며 수술 받았나
죽어야 가는 천당이니까
병원에 드나드는 모습 하느님 보신다
좋다는 천당 미루며 언제 가려고
수술까지 받았나?

쉴 곳 있나요?

풀잎 끝에 매달린 시간이 여물어 떨어지고
이파리에 맺힌 여린 이슬방울 빛 부시다
커튼 펄럭이는 바람, 열린 창으로 들어 와
시간의 초침 뚝딱이며 한 땀씩 걸어간다
흩어진 사람들 속에 형형색색으로 출렁이며
노을 진 하늘 끌고 다니는 어둠의 발걸음
별, 달이 뜬 사이 바람이 누벼 반짝인다
종소리에 새들 활개 쳐 바람에 깃털하나 허공에 난다
부리를 맞댄 아이들 웃음이 은구슬 굴리는 소리
바람결에 긴 머리 날리며 차창에 기대앉은 여자
1초, 1초 끝내 세고야 마는 기다림의 몸부림을 보며
아무에게 들키지 않고 쏜살이 되어 사라진 세월 찾아
하늘 올려다보며 하느님 내 쉴 곳 한 평 있습니까?

내 탓이오

파랗게 닦아 놓은 하늘
종횡무진 노닐던 바람이
달을 모시고 별을 총총 심어
시의 백성들 모여
얼굴 없는 바람을 잠 재웠지요

해는 빛과, 바람, 사랑을 키워
유연하고 따스한 정으로 다스렸는데
그늘에 몰린 사람들 죄의 심지에 불붙여
타오르는 불꽃 장단에 춤추고 있네요

뭔가를 보여준다는 사악한 무리
아직 이니 어쩌지요?
천지분간 못하는 위정의 몰이꾼
지구를 굴려 무엇을 하려는지
난간에 동동 매달린 지구 보이죠?

철없는 난민들 떼로 몰려 헤매는 광야
욕심 부려 손 털고 가는 곳 어딘지
험한 길 헤매던 것 하느님 탓이 아니라
바로 제 탓으로 돌아온 것 압니다

무상無常

무상은 낳자마자 걷는다
뒤뚱뒤뚱 걷다가 주저앉을 때
우주는 잠시 불안하게 흔들린다

수시로 변하는 세상
성공하려는 인생이
노를 저어 울 밖 넘나들며 사랑을 챙긴다

손잡아 밤을 새웠지만
놓고 돌아서 가버리니
눈 뜨고 보는 무상의 소요가
천사된 허공의 별들과
줄을 놓아 정을 당기지만
무상을 자처하며 그냥 사는 사람들

가을 한 잔

가을 한 몸 누일 곳 없어

돌개바람에 쫓겨 가네

하늘이 대신 울어주나

부실 부실 비 내려 젖어버린 낙엽

떨어내고 벗어내 뼈대 앙상한

오늘의 일기 쓰며 빈 바닥에 떨어져

밟혀 부서진 낙엽

땅에 담아

하늘에 올리는 가을, 내 기도입니다

어머니

어머니!

혼으로 날아 귓가 맴돌며

천상의 방울소리 타고

빛 속으로 가시는 것 보이는데

채워주신 기억 하나씩 솎아내

심어 채우며 더듬어 사네요

머리에 입력된 말씀 녹슬었네요

왜 그리 어수선하고 갈급한지요?

모르는 길 기웃거리며 가긴 가요

지금 캄캄하고 내일은 모르고

바라던 대로 올라가는 일 없이

희망을 쫓아가던 내 시야 흐려

이루어지는 소득 없는 나날이네요

행복해지기를 간절히 바라지만

좌충우돌 실수만 연발해

그늘에 살다갔으면 바라지만

가시로 박혀 욱신대는 어머니 말씀

의원님들

뽑아준 국회의원
입법자가 범법자라
쥐약을 받아먹었으니 어쩌랴
권위가 땅에 떨어지는 것을 보며
기름 부어 불지를 수야
침 뱉을 수 더욱 없지,
의인 없다는 예수님 말씀대로
비방할 자격조차 없어 멀거니 지나치지만
내 뽑은 사람이니 나도 일말의 책임 있어
비서가 몇이야, 숟가락 들어주나
먹여주고 재워주고 또 뭐해주나
연설문 써주고 해설해주고 운전해주고
비서가 대신 살아주는 목숨인가
비서들 팔다리가 걸음마도 시켜주나?

씨도둑 못하지

예쁜 꽃으로
짜잔!
봄이 은은한 노랑 분홍 천지네
사람을 왜 이리 혼란케 하느냐?
발길 돌리면 꽃길, 잘 한 것 없는데
꽃을 밟고 가는 게 옳은지 황송하다
꽃바람이 다가와 얼굴 부비나
비밀스러운 애정을 향기로 받는다

설익은 열매 가차 없이 떨어 바람에게 내주고
서릿발 같은 불호령으로 추스르는 모습 보인다
알토란 같이 잘 키워
보랏빛 꼼수로 달디 단 포도로 익혔나

포도는 포도만 가르치고 키우고
참외는 참외만 잘 가르쳐 다 노랗고
아비 닮은 포도

어미 닮은 참외

씨도둑 못 한다는 말

괜히 나온 말 아니네

형님

쓰러져 눈 감아 졸고 있으니
결별이 와 손잡아 주나
치료시간 몇 분 늦었다고
언어성이 무너져버렸다

굳어버린 저 반쪽
한순간에 끝낼 수 있는 약한 생명
신이 곁에 와 장난치며 놀려대나
이제부터 반쪽이 형님 모두야

알 수 없는 인생행로
백년을 살아 보면 알게 되나
모르는 산을 오르듯
걸음마를 익히고 말을 머리에 심어
세상 새로 배워 어디에 쓰나?

고개를 돌리는 사람들 앞에

앞니를 드러내 웃으시는 형님

즐거운 행복이 형님에게 왔네

모자라서 기쁜 아이가 되어…

흐르게 해

사랑의 길 이정표가 눈을 뜬다
아직 어둠인데 일찍이네요
너의 심장에 닿기까지
너무 먼 거리 평생을 걸어왔어
이렇게 먼 것을 알았다면 포기했지

세상에 없는 너를 찾는 게 아니었어,
가끔 절망이 찾아 와 선포하기를
뜨거운 마음이 생활의 바람이라
누누이 말했지만 막연한 기다림
포기할 수 없는 꿈을 다졌지
희망으로 바뀌는 순간을 상상하여
흐름을 타고가면 되는 것을 믿으니까
아무 곳 정지해도 사랑은 오가며
바람과 물은 흐르기 마련이야…

대학시절

기다림이 너무 길었어

올 것은 오고 갈 것은 가지만

등록금 만기일

괴로움과 초조함을 몰고 다니며

쓰디쓴 고초의 맛을 알았다

영애는 냇 킹 콜의 키사스, 키사스 틀고

황일청, 염기철 듣고 문오장이 종종 왔었지

괴롭다 불평하면 큰 고통이 와 밟아 주었지

문화상이 면제를 주고 갔던가

토큰은 걸어서 해결하고

딱지 떨어진 자리에 가난이 덮치면

아픔이 종래 나를 밀고 다닌다

방에서도 태풍이 불고 천둥은 쳤다

얼음 벽지가 반짝반짝 보석이고

해 널은 빨래 얼어 부러지고

팝송을 우물거리며 교정을 누볐지

문리대로 본관으로 도서관으로 문화관으로…

그때 행복했나?

행복은 행복과 눈 맞아 도망갔다

냉이꽃 피네

누가 모를 까봐 보일락 말락

지상에 차린 너의 살림 한때의 황금기

햇빛 한 입 앙! 물고 다짐이냐?

죽은 척 돌아 앉아 필 날 다 세고

살고를 다 지켜내야 죽을 날 닥쳐오나

경건해지고 싶은 마음과 행색은

모든 게 지루하기 전

훌훌 털고 가는 길

고 작은 냉이도 안다

도금했나?

금 아닌 것이 금인 척
은 아닌 것이 은인 척
주제파악을 못 했나
순리나 따를 것을
앞서려다 나의 실체를 보니
안다는 것이 정말인가?

너의 희망에 매일 기름칠
너의 용기에 예쁜 분칠
모르는 내 말이 매일 피고진다

사실을 긍정도 못하면서 답변을 일삼아
긴가 민가 하는 마음
겉보기가 다 아니야
있는 척 없는 척하는 노릇…

2부

돌은 돌

우주 한 덩이 쪼개진 작은 일부지만
물을 머금었다 바람을 머금었을 뿐
거죽엔 지상의 모진 바람 구멍이 숭숭
시시각각 만고풍상 진기록이 적혔네
지구를 들고 섰던 힘, 한눈에 잡힌다
전해준 물길이 퍼즐로 이어진 한 몸

폭포로 추락하며 세포로 아물아물한 미로
전신을 빈틈없이 돌아 지구의 숨소리 크다
돌과 나는 숨 쉬는 작은 우주로 엉켜
들여다보면, 물길이, 바람길이
다리 없이 굴러 여기와 화석으로 사나
울퉁불퉁한 고통이 들어 있다

선택인가?

산 사람이 죽고 싶다니
진심 아닌 허풍이지 싶었는데
강조하고 다짐하는 목소리 쟁쟁한데
말이 씨 되었네
새가 날던 먼 곳으로 갔다는 거야
바람이 우니, 나 울고 싶다

너는 오월의 꽃바람 타고 신났을까
꽃바람에도 눈물이 난다
카톡 방에 남긴 흔적 가득한데
행방불명 신고해야 되니?
천지가 외롭고 조용한데
꿩 구워 먹은 소식은 괘씸죄에 해당하지만
이유를 걸 대상이 사라진 황당한 일
궁금한 내가 쫓아가야 되나?

술과 가시

술술 넘어간다는 술 드신 아버지

생생하게 떠오르는 오늘

외면하시던 어머니 그려지네

무섭고 조마조마하던 시절

쪼그리고 앉아 오가는 말씀 들었지

목에 걸린 가시라며 번쩍 머리 위로 가등가등

아버지 목에 걸린 가시는 6.25때

광석면 눈다리 종종개, 해창, 술안골 오가며

오강리 대숲에 숨어 폭격을 잘도 피해

바가지에 밥을 퍼 둘러 앉아 먹고 살았지만

찔리기만 하시던 아버지는 가시고

살아 멀쩡해 뵈면 무어라 말씀드리나…

달이 뜨네

노을에 물든
노릇노릇 잘 익은 달
구름을 박차 오르네

수목들은 바람 장단에 너울너울 춤추며
시든 햇빛을 소리죽여 벗어내는 사물
한 밤의 역사를 이어주는 달빛 다가와
자유와 평화 비리도 꿈의 비경에 잠겨
장막 안 이불 속 경건한 마음이
본성을 버리지 못해 돌이 뱅뱅 꿈꾸는 중
하느님이 바라시는 조용한 세상

전봇대 할아버지

경희대 정문 오른쪽으로 꺾이는 개천가

회기동 희망주택 61호 전봇대에 기대신 분

전봇대 할아버지 광복군 출신 세 군데 총상 입은 영웅

오광선 할아버지 독립을 위해 만주벌판을 누비신 분

경희대 수의장님 문간방 전세로 사시든 분

군번이 열자리 안이라는 동네 어른들 말씀

별 두 개의 장성, 퇴역이신데 웬 셋방살이?

청문회 출연자 억대의 일 년 생활비라는데

비리가 신문에 뜨면 전봇대 할아버지 생각나

종로3가 수운회관을 매일 걸어 왕복하신 분

동내선 언제나 전봇대와 이야기하시던 분

비오면 우산 속 전봇대와 무슨 말씀 하셨을까?

돌아가시니 각계 유명 인사들이 화환을 보냈는데

화환 한 개 들여놓을 공간이 없어 화환이 다 쫓겨나

희망주택에서 개천 끝 경희대 정문까지 늘어섰는데

생전에 얼씬 않던 명사들이 왜 이리 인사성이 밝은가?

동방예의지국 맞기는 맞네

숙모님!

일일계모임이 무엇인가 몰라요

30년 넘었는데 천당 문 두드립니다 궁금해서요

헌중이 외삼촌과 만나 천당 살림이 어떠신지요?

하루만 쓴다시며 빌려 간 돈 이제 받아야겠네요

오서서 독산동 산 303번지 중도금 주고 가셔요

아들 성공했으니 기쁘시죠?

100세 시대 자금줄 놓쳐 빡빡합니다

하루가 이주 삼주 삼십년이 넘었으니

실꾸리 달아매 뒤밟을 것을 그 생각 못해

천당 어디신가 감을 잡을 수 없어 막막합니다

빚은 주지도 받지도 말라던 아버지 말씀

안 들은 죄 이리 무겁고 긴 줄 알겠네요

약속이 숙모님 따라가 함께 죽었나요?

아프다고 배고프다고 해봤자 모르쇠 세상

비정한 거리를 혼자 헤매 살기 너무 힘든데

현대판 캥거루족 많은데

강도처럼 내 놓으라 협박하는 세상인데

안 주면 죽이는 세상인데

숙모님 제 돈 주서야죠…

친구야

친구야 떡 고마워, 설에 잘 먹을게

떡 주머니 30개 동창회장에 보내놓고 입원이라니

멀리 가기 전 짐 덜어내는 일인가

불안한 구름 하늘 캄캄하니 안 있다 비 오겠지

각오는 하지만 아직 네 얼굴 미소가 선한데

우리 없어도 세상은 돌아가겠지

주머니마다 만져지는 기억

친구들이잖니, 조금 더 놀다 가지

우리 뭉치는 거니, 거기서

앞서거니 뒤서거니 갈 곳은 한 곳

가더라도 소식은 끊지 말자

우주에 뜬 고향의 동기동창

스마트 폰 주소 지우지 마…

기도와 응답

꿈은 늘 우주로 돌아가지만
구름인 듯 별 인 듯 모호한 물음이 도착하지
하루를 읽을 수 없어 갸웃대며
우려할 뿐 방법이 없네
계절의 흐름이 우리들 갈 길처럼
비 오고 바람 부나?

황금마차에 시동을 건 영혼이
오시자 함께 떠나려고 기다리지만
해 달이 오라는 회신 아직 인데
아버지 계시고 어머니 기도하시는 곳
윤회의 흐름 타고 본향으로 돌아가나
현실은 날아가는 바람인가?
양지쪽에 앉아 꽃피고 싶어요

나무가 되어

언제일지 모르지만
광릉수목원으로 갈 테야
소리봉 537m 정상에 올라가
밤이슬에 젖어 술 한 잔 나누며
마음을 나무 생각으로 바꾸고 옆에 서서
나무처럼 아무도 모르게 일하고 먹지 않으면
나무가 나를 가족으로 받아줄까?
사철 푸르게 웃으며 나무처럼 춤추고
나무처럼 꽃 피워 열매달아 나누며 살게
나무가 나를 받아줄지 몰라
언제나 푸른 나무로 살고 싶어서…

물음표가 꾸미는 세상

언제 가는데

사랑했어?

복잡한 과거 녹아내리는 여름

남편은 뭐하는데

당신 생활에 무슨 보탬이 된다고

몇 남매 두었어?

일말의 가치도 없는 질문인 걸

최면 걸어봐 걸리지 않는 세상 일

분모와 분자가 만나 조건 없는 해답이 되던가?

X염색채로 굳어 치료차 머리를 싸매고

누워 앓는 중, 단독으로 걸어 나서는 길

인생 풀어도 풀리지 않아 의문만 깊어지는 일상

쫓기듯 갈 일만 남아 어디 갈까 하늘에 물었지만

오지 말라는 대답은 아직이야

유산

살고 있는 긴 내 발걸음 여기 머문다
금정동 화성아파트
시집 열 권 세상을 돌아다니며 중얼대겠지
시답지 않은 잔소리로 둔갑해 팽개쳐진 뭐야,
생태계에 이변이 생겼다는 불평 돌고 도나
먹어서 축내고 오물로 더럽혀진 일
제대로 수습도 않고 나 몰라라 가야 하니
제대로 살지 못 한 것 어디에 사죄하나
즐거웠어, 날개 퍼덕여 여기 온 것
뒤 늦게 깨닫게 된 고마운 느낌
이제라도 알게 되어 다행이지만
날 돌보는 세상이 있어 다행이다

오! 사랑

빠르게 달려 온 칠월
사랑이 기다린다는 소식에
한 걸음으로 뛰어 와
문을 여니
수박 한 덩이 현관에서 날 기다리네,
아! 너였구나
여름이면 찾아 드는 내 사랑
목마름을 단번에 날려
뜨거운 피로 심장을 안고 돌겠지
꼭 사람만이 애인관계냐?

행복을 찾아

행복은 어디 사나

파도를 타고 가나 날아가나

인생 가기전 행복을 찾아야 되는데

초행길 하늘과 땅이 일러주는 말 없네

떠나는 날 아침, 폼 나게 살려는 마음 하나

작은 리벳이 부러져 스민 바닷물에 빠진 이들

급류에 휩쓸려 눈 깜작일 새 숨통이 막히니

어머니, 아버지, 하느님, 부처님, 다 불러도 소용없어

바다가 먹은 큰 배 하나 날로 먹었으니 소화가 되겠니?

뒹굴어 엉겁결에 천당 지옥 뒤엉켰으니

우주가 예고 없는 현장학습 중인가

기상 이변에 허우적이다 세상 끝내는가?

망망대해 새로 솟아난 천당인가?

고생이 끝이면 행복인 거…

하늘에 올리는 소망

별에게 날아간 기도소리
오색구름 타고 하느님을 못 찾아
눈처럼 떨어져 밟혀 쌓이는 초겨울
태극기 흔들며 몰려가는 관중들
절망까지 떨어지면 빈 하늘인가

광화문광장 저 아우성 하느님 뭐 하시나
거세게 파도치는 촛불은 어디가 끝인가
디디면 꺼질까 아까운 나라 흔들지 마라
선조들 뼈가 묻힌 땅 경의를 표하자

가벼운 내용으로 요약해 하느님 귓전에
금수강산 잘 가꾼다는 말씀 드리고
쓰러진 사람 손잡아 세워주고
백두에서 한라까지 가슴으로 안아주자

4월이네

3월을 실어 보내고 손을 턴다

손에 묻은 불순물 털어내

4월엔 웃으며 사뿐히 걸어가기를 비는 마음

모르는 일 가까이 가지 마

미끄러운 낭떠러지 절벽을 타야 하겠지

벼랑에 숨은 험준한 굽이를 잘 넘기 바라며

희망, 멀게만 느껴지는 내 이력에

앞을 막아 방해하는 사람들

형제라고 종교가 가르치지만

무심히 돌아간 3월이 생각나

죽은 자리 장미가 피기를 가다리나

피어 내 것으로 살아본 적 없는 꽃들

4월이여 나에게 무엇을 주겠니?

다 가고 있다

뽑아 달라 소리치고 절하고 간다
거리마다 현수막 걸어 준비된 국회라고
국회로 보낸 내 죄 때문에 세비로 당했지
무슨 일 해 주었나 감이 안 잡혀
뽑아준 것 벌써 4년, 또 뽑아
헌 국회는 가고 새 국회 오나

돈화문서 초등 친구와 만나 아이가 되어
수다 떨기로 하루를 즐기고
라일락 핀 봄이 가는 것 구경하며
꽃바람에 안겨 잠깐 세상을 잊었다
오늘은 내일로 넘어 갈 것이며
하늘은 붉게 노을질 것이며
새들은 우리를 두고 휭~ 날아가겠지
친구들 어둠 속을 걸어
제 길로 가버릴 것이다
밤이 내려와 그림자 지우겠지

다 가고 제외될 사람들이 또 간다

국회의원님들 시대를 채우러 가고 있다

사랑은 남의 것

사랑은 남의 것이 되어버렸다
더 이상 내 것이 아닌 듯
쑥스럽기도 하고 입에 올릴 수 없이 어색해
돌아봐도 보이지 않네

아이를 키우며 입에 붙였던 사랑 아이가 가져가고
젊어 수시로 가끔 부끄러워 웅얼대던 말
내 안에서 저절로 삭아버렸다

하느님께 올리려던 그 말
미심쩍어 기도로 얼버무리던 그 말
가식이 싫어 스스로 포기해버린 말
허공에 올라 절실한 누구에게 돌아간 말
더 이상 내 것으로 오지 않네

차일피일

시간이 내 옆에 와
매 번 사라지며 문제가 생기네
간사람 가슴에 안고 자며 생생한 이야기로
건강은 챙기고 고민은 버리지만 한계가 있어
감 놔라 배 놔라 큰소리 칠 수 있는 어른 아닌가
가벼이 털어 휘적휘적 되돌아가는 길

왜 나는 빙벽을 타며 떨었나
저지르고 후회하는 일 한 두 번인가
꽃피어 한창 인데 즐길 시간은 갔다
모든 것들 기다리지 않고 가버린다
어제의 것, 아니고 새로 시작이라
날짜를 미루며 하루하루 산다

평리 선생님

가루약이 기도를 막아 순간 뒹굴었다는 말씀
지성이 갑작스러운 절망 막을 수 없네
가루약을 삼킬 때마다 말씀이 생각난다

멋스러운 큰 키에 빨강 파란 원색 잠바 입으시고
일등 오시어 기다리시더니
우리 공동운명처럼 안쓰럽고
서글퍼지는 포럼 회원들

선생님 봄이에요
평리표 베레모 쓰시고
경상도 사투리 말씀 주셔요
벚꽃이 한창 무리져 쳐들어오는데
우리가 쳐들어가 누려봐야지요
노랑바위 물가에 봄꽃으로 피어보게요

땅에 입 맞추며

우리나라에 오신 교황님 땅에 입을 대신다

땅의 기를 받고자 하심인가

나라는 땅이다, 모르고 살았구나

성묘를 하며 땅에 입술을 대고

오늘을 이어준 조상의 체취를 음미한다

곡식이나 나무를 생산해낸 사람들

땅에서 생명을 받아내며 무슨 짓을 한 거야

침 뱉고 코풀고 함부로 배설해 더럽힌 일

잘난 척 거드름 피웠나?

싸우고 편 가르고 도둑질하고 욕하고 전쟁 일으켰나

하늘이 성나 태풍으로 쓸고 장마에 천둥치고 지진나나

이래저래 살기 힘들어 사랑하고 노래하며 춤추나…

봄에 피는 詩

필 듯 말 듯 하던 꽃도 피고
희망을 꽃으로 보는 날이 왔네
천지에 자욱한 꽃 향
숨어 다듬어 온 감성이
노랗게 피어 향기로운 걸 보면 땅도 시를 쓴다
굳어 마른땅 가슴을 틀어 피어나 향기로운가?
사람이 길을 내고 태어나 노래 부르나
피어라, 피어 검은 내 마음 빨갛게 꽃피어
칙칙한 마른풀 치워 밝히자

꽃들에게 희로애락을 다 배운다
겨울을 벗어내지 못한 사람
벤치에 누워 잠자는 사람에게
봄꽃처럼 시가 피고 있을까?

받아 놓은 밥상

내 손으로 지은 밥을 먹이고
뜨거운 찌개를 불어서 먹여
옵션으로 나폴레옹을 귀에 먹이고
뉴턴 링컨을 곁두리로 먹여
올망졸망 키워
새둥지로 보내고 나니
알콩달콩 주워내던 잔재미 사라져
썰렁한 겨울 들판이네
받아 놓은 밥상 주문 없이 도착하나
이제 기다리면 되나?

문 열고 나간 애물

사랑을 놓고 마름질하던 젊은 날
가위질이 엇나가 비틀렸지만
문 열고 나가며 애물인
사랑이 내게 묻네요
어디 멈춰 사느냐고요?

사랑은 정착 없는 한때의 바람
떠돌이 외로움의 실체
연지에 묻은 사랑 지워지기 전
마음에 두기로 다짐했으나
꽃잎파리 하얗게 날려 흩어지는 날

사랑은 새처럼 날아가 버렸지요
새로 필 사랑의 열매를 위해
비 뿌리고 천둥치는 걸 알았죠

오늘 아침

접시를 떨어뜨려 깨고
자던 아이 깨서 시끄러운데
접시 깨서 오늘 재수 옴 붙나?
옴 붙은 거 맞네
열린 유리창인 줄 알고 들이대
검은 주먹 한 개 불쑥 얼굴을 친다
위기와 불행 가끔 행운이 내게 와 요동친다

사랑이 깨져 원수니 악수니
맞서 다투던 친구 어디 사나 모르고
운동권에 연루되어 숨어 든 친구 동생
우리가 깨질 수 없다며 고발하자던 말
비겁한 행운에 빌붙어 누리고 사는 것을 보며
양심은 깊은 곳에서 가슴을 찌르겠지
믿은 도끼에 찍힌 발 생각이 왈칵 덤빈다
깨진 접시 한 개 생각의 꼬리 길다

3부

진다리붓

붓이 좋아야 명필이 되는 줄 알고
분수 모르고 진다리붓 사러 전라도 광주까지
어물어물 찾아갔지,
간판엔 명품 진다리붓 원조 진다리붓 많다
어리둥절 진다리붓 찾아 물으니
진짜 진다리붓 진즉 없어졌다네
원조 진다리붓도 인사동서 사온 중국산이라네
사라진 진다리붓 때문에 명필되기 글렀다
명품 붓으로 써야 명필이 태어날 터
한글로 담아 써서 후세가 읽어야겠는데
손이 부끄러워 가짜 진다리붓 몇 자루 사왔다
붓이 중국산이라니 중국산 글 탄생하면 어쩌나
시서화詩書畵 삼절三絶 다리 뻗어 울겠다

세월 가듯

꽃 이야기도 익어 떨어지고
향방을 모르는 바람 불어와
실려가버린 장년의 노래
기다려도 다시 오지 않더라

쉼 없는 세월 뒤따르다 보니
비틀비틀 여기 온 내용 잊었다
주거니 받거니 하는 일 없는 하루가
노을에 잠기나…

기웃대는 누구 없는 집에
배고프다고 밥 달라고 조르지 않으니
낮밤도 없이 무한정 여기 쉬고 있을 뿐
살았어도 죽음 옆에서 사는 거 맞다

아! 속수무책

가끔 투망질에 걸린 꿈
대책 없이 떼어 상에 올린다
사회가 나를 방치해버려 허구를 먹어야 사니까
성한 손과 발이 무료하기 짝이 없다

대박 집에 밥을 먹었지만 효험은 면박인가
33년 교직에서 하루가 연금줄 끊었다며
천지개벽 끊어진 연금 날아가
갑과 을의 대립을 부채질하는구나
우리나라 좋은 나라 제 월급 정하는 국회가 있어
능력 어디 너 서 봐 재어볼까 달아볼까?
형체 없는 능력이 사람을 조롱하는구나

오래 전 이야기

20년 넘었나, 서초동 한창 개발되던 때
김정문 화원 앞 28번 버스 기다리는데
고장 난 버스 일직선으로 덤비는 거야
장미울타리에 주저앉아 가시에 찔렸지만
사람은 살고 장미 목이 부러졌다
사람끼리 생긴 일로 줄장미 줄초상이네
한 뼘 간격 안, 저승사자 급히 왔다 헛걸음치고
죽을 수 있던 목숨 붙잡고 일어섰다
저승사자 실망을 두고 갔나?
기다림은 절망 아니면 희망이지
약한 생명 헛바람 꼭 붙들어 산다

채석강에서

적벽강 저물녘 노을 지면

7천만 년의 전설에 휩싸인 채석강

개양할멈 마실 길 걸어와

물소리 들어보고 풍랑을 점치나

켜켜이 짓눌린 몇만 권의 책들

달빛에 수많은 별이 내려와 읽고 가면

산은 산끼리 흘러가 또 산을 이루고

절벽에 기대선 소나무 외로움은

격포해수욕장 사람소리로 달래나

채석강 절경 보러 이백 시인이 오셔

저승길 못 찾아 채석강 하늘 아래 맴돌며

서해 물소리 장단에 시 읊고 계신다네

너라면 할 수 있어

이달의 수입이 꽉 차 있지?
누락된 것 겨누지 마
처음 사업을 시작한 젊은이
높은 정상에 능력을 심어보고
세상 깊숙이 참맛을 나누고 싶은데
마음대로 잘 되었지

밥이 안 넘어간다는 사람
몰아치면 무슨 일 당할 수 있어
눈만 돌리면 비극이 연출되는 무대
눈 감지 마, 천당에 보고 드려야지
사는 동안 겪는 일 너무 많다
살아 갈수록 아픈 일 더 많아질 테니…

고로쇠나무

산전수전山戰水戰 휘둘리는 벙어리라고

골수에 호수 박아 골을 빼내 뭐하는 거야?

노래 부르다 멈춰버려 몸 풀린 나무여

새봄의 노래가 여기까지야?

목숨이 풍전등화風前燈火인 것 알지만

뼈대에 박힌 호스로 쏟아지는 골수

방비 없이 당하는 살육의 향연인가

살아 누리는 자유 허공으로 사라지고

한 사람 한 개의 사랑을 위해

값진 목숨 버리기도 하지만

죄 없는 예수님 늑골의 피 흐르듯

고로쇠 옆구리에 빨대 들이댄 이 시대 유다들

지옥은 미어터지겠구나…

하루 끝

서녘하늘 뜬 구름

천천히 밟아 내려와

하루 버리는 조용한 시간

잡은 손 놓아버려 멀어지면

타인으로 돌아서는 시간

사랑을 지워내는 어둠에 앉아

퍼덕이던 한낮의 기억을 내려놓으면

침묵이 달려와 자리 펴는 시간

매일 헤어지는 연습으로 밤을 맞고

살아나는 환호가 아침 시작인가?

새로 사는 연습, 죽는 연습 되풀이로

잉태한 고요 속에 하필 시詩를 꿈꾸나

또 살아난 주책이여

눈 뜨는 날

초침이 저벅거리며 밤 12시를 걸어가네
할 일이 머리에서 떠나지 않아
창밖 꺼지지 않은 불 옆으로 쫓았지
잊어버리자 밤을 이불로 여미고
고요히 다리 뻗어본다

해를 끌고 다니며 부채질했나
일상이 어지러웠는데 발로 차내지 못하고
자칭 왕 노릇에 재미를 느끼며 걷고 달렸던가
겁 없이 붙었던 이름들 상표 지워내듯 아까웠지
일월日月이 조아리며 사랑을 고백했으나 털어내
자유로운 비상의 날개 퍼덕여 날아본다
식어가는 꿈을 만지며
눈 뜨는 날…

친구 옆에서

죽음 옆에서 삶을 챙겨 육개장, 부침, 과일
네 이름으로 마지막 밥상 받았다
검은 옷 치렁대며 상머리에 앉아 훌쩍이다
일어섰다

J는 우정을 강조하느라 남편까지 모셔와
'집사람은 사흘 굶었어요.' 대변하며
'오늘 세 번이나 우황청심환 먹었당께요'
친구가 '정 떼고 가나 봐요 화장실을 못가네요'
'이렇게 애통해하는 사람이 제 짝이랑께요'
빌붙어 도깨비 방망이 쥔 손 놓쳤다
구구절절 실속 챙겨 줄 친구 갔다 갔어
대충 해라

남의 등 타고 해해거리던 J가 보인다
보따리 들고 문래동 신접살림에 끼어든 거머리
뒤통수 친 것 아는데

유공자 노릇하는 것 맞는데

운동권 연루돼 피해 다니던 동생

고발해야 우리가 산다며 J 내외가 왔었다

깊은 우정 과시하는 모습 우습다

천당에 간 친구는 말없으니 네 마음대로 하시던가

아직 모르는 무엇

오늘 무엇을 잃었으며 얻은 것
손가락 꼽아보니
빼기만 일삼는 매일이 있을 뿐
얻은 것 얼굴 주름과 다가온 시간들
북치고 장구도 쳐 보았지만 즐겁지 않네
위로 할 노래 한 소절 궁리해보니
계절이 웃으며 지나간다

달려 온 가을 안아주나 업어주나
가장 편한 자세로 요행을 기다리며
행운이기를 바라지만 시끄러운 겨울
이익만 챙기고 싶은 사람들 실망을 안고
홧김에 촛불 들고 시청 광장으로 가나
'밥 딜런'도 모르는 바람만이 아는 일

바람의 음계

허공 밟아 오르는 마음

순백의 안개 흩어지는 사이

꽃을 들고 서 있는 큰 키 불안한데

안개에 휩싸여 어찌 화합하겠니?

불협화음으로 바람 속에 흩어지나 했더니

봄 이야기 들은 나무들이 잎을 피우려고

산수유 노랑꽃 떨어낸다

목을 늘여 굽어다 보니

꽃잎 바람과 눈 맞아 날아가며

흔들어 울리는 단풍잎 교향곡

나무들 벌떡 일어나 푸른 숲으로 들어가

유리창 덜커덩 덜커덩 밤새 차며

바람의 높낮이를 소리치고 있다

가야곡 바람소리

초여름 산야 바람소리 솨 솨~
머릿속을 지나가는 상두꾼 방울소리
어허 어이, 어허 어이
하늘 쨍쨍 눈물은 마르고
물을 기다리는 정원의 나무들
절하라, 바람이 말하나 보다
얼굴을 아는 사람들 몰려와
가는 네게 절 두 번씩 한다

어제 통화했는데 마지막이라니
청도 여행가서 정곡 맞았다며
여행 안 간다더니 말이 씨 되었구나
근검절약 이룬 네 높은 성
고향에 우뚝 세워 놓고
올라가 놀지 못 하고 그냥 가기냐?
쌓기만 하고 인생 억울한 친구야

왜 먼 것이냐

머나 먼 저승
되돌아 못 오는 길
검은 옷자락 흔들며 산에 올라가
묻어 주는 널 확인했다

별 같이 총총한 기억
천리씩 멀어진다는 인연 여기서 끝인가
수다의 물결 어디서 끊어졌더라
곰곰이 생각해보니 아프다

신촌 시장을 돌아 서교동까지 걸으며
풀어내던 이야기의 끈 어디서 놓쳤더라?
생사의 간격이 이렇게 먼 것이냐
보이지도 들리지도 않아
골수에 고인 짠 눈물지는데
날마다 왜 이리 자꾸 더 멀어지는 거냐?

내일을 향해

무엇이 내 안에 크나?
꽃을 심어 꽃이 피듯
바람 감돌아 숨 쉬며 살아나
가는 세월 내게 와 두드려
목마르냐고 빗방울 몰려온다
가상하다니까…

물에서 유영하며 태어난 이후
매일 죽음의 공포로 떨게 되었지
바람 타고 놀다가는 세월
함께한 피붙이 같은 사람들
엊그제 새로 핀 국화를 보며
열고 나온 가을 소리치네
갔다가 다시 오마고
배 띄우는 사람들 귀 먹은 척하는데…

앵두나무

엉킨 가지들의 속셈은
천륜을 지키려는 소망
아름다운 고백 이후
새로 핀 이파리들 시중 받아
가지의 뼛속에 새겨주는 사랑
한마디가 가슴에 박히네

꽃비 받아 전신에 흐르는 물줄기
다가가 실가지 손잡아 주었다는 말
졸라맨 허리 안아 일으켰다는 바람
나무들의 고백을 더듬어 보니
파란 열매를 낳아 빨갛게 키우느라
만고풍상 겪어낸 이야기
끝이 없더라…

결심

녹슨 칼을 갈고
아침을 갈고
저녁을 갈고
연탄을 갈고
저문 해를 갈고 나니
캄캄하네

일어나 또 갈고 갈아
여기 서 있는 목숨 한 개
쓸 만한가? 확인하고
남은 생을 빛나게 갈아야지…

사람들

명사에 수식어 붙어
회장이요, 선생이요, 교수요, 이사장이요
무거운 명칭에 끌려 다니지 않아 다행이다
자기를 비싼 상품으로 선전하지만
자유로운 내 세상이 좋아
바람과 함께 걸어 낙엽을 밟는다

작은 꽃 한 송이 피우지 못하는 무능이
감칠맛 나는 세상을 내 것으로 돌려놓고
긍정을 부정하는 생활 속에서 일탈해
웃고, 쓰고 싶은 대로 꿈을 세우는 거야
아름다움을 내 곁에 보고 만지며
살아 파들거리는 숲과 넓은 들
아늑함이 불어 와 내 곁에 살며
싱싱하게 웃어주는 사람들 옆에서…

우연을 기다리나?

내 입에서 떠나는 말들

꽃피우는 말이 되어 흘러라

깃털 같은 보드라운 말 틈새로

물처럼 빠져나간 실속의 것들

손질 하려면 시간이 걸리지만

기다리면 저절로 때 올 거야

골치 아픈 일상이 빠져나갔지만

무엇이 없어졌나, 모르는 게 약이지

약을 움켜쥐고 해답을 찾으려는 일념

눈뜨면 먹고 자는 일이었나?

일상 우연을 기다리나?

하루가 다가와 일 년 이 년 손꼽아

쉬이 일생이 되어 다가오는가?

가보고 싶다

선운사 들렀다 나오는 길목

'곰소'라는 지명 너무 좋은데

궁금한 곰소를 지나쳤지

곰소 아직 가보지 않고도

잘 살지만 미루어 둔 마음의 고향

찾아가면 사랑이 기다리나

갈잎 서성이는 달빛 환한 곳인가

궁금증이 눈앞에 와 구구거리며 조아리는

나의 무엇 일부가 걸쳐 있는 나무들이 있고

바라던 꿈이 물결치는 곳

거기 지상낙원 아닐까?

덮어두고 그냥 그리워하자

살아있네

하늘 흰 구름송이
빤짝여 보는 것, 산 사람의 행운이지
지구는 나뭇잎 떨어뜨리고 고요해
느리게 움직여 낮을 밤으로 굴리지만
천기누설을 가리는 꽃구름

자고나면 사람들에게
덮치는 쓰나미로 시끄러운 뉴스
실마리 풀어보려는 사람들 몰려
이구동성으로 논의타가
죽음을 연구하다 죽어가는 사람
굳게 잡은 목숨 떠날까봐 떨며
천당에 간 백성들 뭐하는 거야
죽어야 탈을 벗어 진실은 살아난다

갑과 을

남촌에 모신 벤츠가 골목에 섰는데
손가락으로 찔러 보아도 반응 없어
윙을 타고 다니며 벤츠를 만나면
에비, 에비야, 다칠까 무서워 도망쳤지
차는 마찬가진데 괜히 놀랬다

몇십억대 집 늘비한 강남에 갔다가
내 집으로 왔더니
북적이는 개미들 밥을 물어들이고
벌이 날아와 반갑다고 윙윙거려
잔챙이 식구들이 많아 외롭지 않은 집
잠글 필요 없이 해와 달이 지켜주는 집
늙은 나이에 병 없이 사는
혼자서 배 놔라 감 놔라 하는 사람
시끄러운 사람 밀집한 우주 틈새에 산다

가만 두세요

아직 전자 구조도 모르시며
아무거나 누르면 고장 나요
가만두면 녹스는데…

무지함을 안고 사는 기계치
문맹자로 살기에 당하는 일들
머리를 쩧어도 석두는 안 깨져
이게 얼마짜린데요,
고장 나면 고치지도 못해요
만졌다고 면박당한 일

달빛이 슬며시 비키며 못 본 척
그림자만 두고 간다
아무도 모르게 타는 속
요즘 들어 눈까지 침침한데
할 수 있다, 있어 반전의 발전이
키보드 한 개로 집안 전자기구

다 작동 시키는 첨단이 돼야 해 자신만만

무식하면 용감하고 용감하면 살아남지…

여기

밥 그릇 징검다리 건너 건너 여기와
밥 그릇 징검다리 뒤 돌아본다
널린 밥그릇 수
먹은 밥 어디 몰려 산이 되었나?
어디로 흘러갔을까
평생 건너 다시 건너 일생이 되었나?
오늘도 세 번을 오갔지만
얼마 오가면 되는지, 짧은 겨울 하루처럼
어느 날 다리 건너 요단강 건너보겠지만
일등이 싫다
살다 처음으로 싫은 일등

4부

바닥

손바닥 발바닥 모든 것의 밑바닥
바닥이 없으면 흩어지는 것들
바닥이 뿌리를 받아주어 지탱하는 것들
맨몸으로 개천 흐름에 뛰어들었다

강바닥을 지켜보니
온갖 티 검불 먼지 끌안아
바닥에 떨어져 뭉개진 얼굴 떠간다
봄빛으로 되살아 올 야무진 꿈을 안고
찾아 흐르는 뿌리 없는 족속들…

바닥을 기다 보니
올라간 이름 떨어져 부서지는 것 보며
그냥 바닥을 기다
산 좋고 물 좋은 가나안 땅 닿아
씨 뿌리고 꽃피우고 열매로 살면 되겠네

누구서?

사돈네 팔촌까지 한 집에 지지고 볶았는데
그리움의 시절이 도래했나?
해 달 별 바람의 흐름이 예 대론데
잡아 줄 손이 없어져
허우적이는 사람을 손 놓아버렸나?
흩어진 사연 읽으며 귀가 먹먹해,

발전한 이 시대 교통은 고속인데
자식 며느리 손주 왜 이리 먼 거냐?
불면 날까 꺼질까 안아 키웠는데
끊긴 피붙이 멀어져 휑한 간격
옷깃만 스쳐도 인연인 거 모르니
첨단시대에 생겨난 순리인가?
조카를 몰라 길에서 만나 '누구서?'

제주에서

함덕 서우봉 해변 구불길
파도 철썩이며 따라 온 바다가
배고픈지 내 뒤에 줄 서
고기국수 기다린다

여기 신들은 바위로 굳어 우뚝하고
졸개들은 검은 모래로 해변에 논다
하늘에 검은구름 둥실
고향을 잊지 못해 떠나지 못하나?
나무들이 지켜서서 본다

괜찮아요

오래 가슴에 사시네
가신지 얼만데 조석으로 깃들어
머리를 저으시나
세대차이신가

지금 보수와 진보의 장벽이 높아져
북유럽 어디선 신세대를 위한 선거니
보수의 투표권을 박탈하여야 한다
진보 발전을 위해 보수는 뒷방으로 간다

괜찮다, 공짜 전철 타고 나가 맞서지 않을 테니
세상에 풀어놓은 것 후회하지만 잘 해봐
지우며 살다보면 채워지겠지 그게 진본가
괜찮다는 이론에 잠겨 살면 돼, 보수면 어떠냐?

능소화 사랑

군포시청 앞

가로수 등을 타고 올라가 헤헤거리며

더부살이 사랑을 지펴 꽃을 피운다

안고 조이고 다지고 얼굴을 맞대

뜨거운 8월 빨갛게 달군다

아무도 못 말리는 능소화 사랑

갈잎들

강가 흔들리는 우두머니들
바람에게 기대니
스르르 누워 바람과 함께
사랑하고 또 사랑하고
춤추고 또 춤추더니
바람이 떠나니
아무 일 없는 듯 슬며시 일어서 걷는다

봄을 기다리는 사람

눈물은 마르고 시심詩心이 살아
봄 전면에 앉아 시들부들
꽃을 기다리던 사람들 어디 갔나?
가는 사람만 보이고 오는 사람 없어
광장에 모인 수십만 촛불 다 꺼지고
날던 새들 총총 사라져 하늘을 비운다

기다리는 봄, 꽃은 피지 않고 가버려
온 세상 죽음의 냄새만 풍기고
물소리 어디서 멈추었나
그 많은 나무들 어디 갔어
벌 나비 어디로 날아간 거야?

그걸 모르는 사람이 의미 없는 세상을
배회하며 나그네로 사나
자면서 꿈을 유혹하여 부르나
봄을 맞으려는 사람을 시심이 깨우겠지

내려가 살기

강물 아래로

남 모르게 비명을 질러 떨어져

뿌리 밑에 엎드려 숨 쉬나

암 흙 세계를 더듬어 잡은 생명을 말했던가

불행을 겪으며 희망의 뒤를 쫓아가

피우려는 꿈, 꾸어보다 마는 것인가?

한 곳을 바라보는 생의 높이 올라갈수록

제 자리인양 내려 올 줄 모르는

자칭 제일이라는 저 인사 올라가기 전

내려오는 연습이 중요하다는 공부했어야지

떨어져 바닥을 치면 올라갈 전망이 보이지…

싸움판

청도 소싸움 이판저판 싸움판
승패를 순순히 인정하고 뒷걸음치는 소
멀뚱멀뚱 바라만 보는 눈,
엄마만 부르는 큰 덩치 귀엽다
사람은 지면 이를 갈지

전쟁 일으켜 사람 죽고
개가 싸워 개판되고
아이들 싸움 말리다 어른 싸움되고
말씨름하다 육박전이 되고
치열하게 싸우는 닭, 한 마리 죽어야 끝나
세상 싸움판이네
싸움이 발전이라는 착각하지 마

웃으며 살기

애기똥풀 노란 꽃 옆에 웃어주던

며느리밑씻개

뒤꿈치 계란 같아 쫓겨난 며느리

점심 굶긴 시어미의 붉은 얼굴 다가온다

붉으락푸르락 화가 치밀어

마주 앉아 으르렁대며 무슨 살맛 있겠나?

홧김에 안 먹는다.

'너나 먹어라' 등 돌린다

칼로 물 베기 싸움 이제 그만

이래저래 실없는 소리로 웃자 웃어

봄빛에 날아봐

바람 부는 날
네가 내 옆에 있다는 것 다행이야
의식에 묶여 살다보면 알겠지만
사람에게 그리움과 행복을 배워
환한 햇빛 희망이 날마다 새롭네
아름다운 사람들과 고향에 사니
고마운 일 스스로 꽃시절이라 해놓고
우여곡절 파도치는 사이에 들어 살며
소망이 나를 손잡아 주거니 믿으니까
줄 때가 있는가 하면 양보를 배우지

잡은 손 놓칠 때가 있는 세상사
비관하는 것은 어리석은 일
불행이 옆에 와 칭얼대면
잘 달래서 돌려보내면 되고
사랑하고 확인하고 웃으면 다 풀려
희망의 날개 퍼덕여 날아봐

쳇바퀴

첫눈이 와 여전한 하늘의 평화
사르르 날아 저렇게 소리 없이
곱게 앉았다만 가는 세상이면?
즐긴다는 순간을 누린다면
아픔이 뭔가를 모르게 산다면
꽃빛 레온 불빛 아래 웃으며 살기

눈꽃처럼 살며시 녹아버리는 평생을 살고
늙어 인생을 되풀어 살며
'쇼생크 탈출'에서 탈출은 없어 없지
밥그릇 되찾아 사는 거 매한가지
사람에게 다시와 웃어야 살맛이지
자리 펴 누워 자고 일어나
오늘 쳇바퀴 돌려야 하나?
내가 돌아야 하나…

이게 뭐야

내가 싫은 날
친구 따라 강남으로 가보니
사람이 사람에게서 떠나 살 수 없구나
달라지고 싶지만 끼니를 찾게 되고
다리 아파 엘리베이터를 찾아야지
일상에서 한 발 뗄 수 없는 이게 뭐야

카톡 확인해 웃고 떠들고
충전을 하고 전화를 받고
일상에서 달아날 수 없는 날
어제 수다 떨며 통화했는데
운명했다는 비보가 날아 왔네
약속 부도낸 친구야

강화도에서

보이는 상주산 봉우리

마니산이 슬슬 다가와

저도 경기도에 산다며

이웃사촌이라고 나서는 서어나무

푸른 손 흔들어 가족을 오라는지

밟아 볼 수 없는 묵계의 경계선 너머

서늘한 하늘로 날아가는 새

이념이 가로 낀 흰구름

발걸음 끊었으나

하늘 물 바람 트고 사는 대자연

순리를 어긴 사람이 거기 사는 구나

강화들녘 볏단이 하늘만큼 쌓였는데

북녘 아이들아! 저녁밥은 먹은 거니?

70여년 참을성이 서해로 흐른다

꽃 한 송이

나라꽃 한 송이

진창에 떨어지니

높고 예쁘고 싱싱하다며 빨던 꿀 벌레

별 볼 일 없다며

성원해준 일 받으려고 날아 와

사지에 엉겨붙어 독침을 꽂는다

의리는 마르고 독설은 살아

지는 해 말 없으니 도마에 올려 말로 치고

가로치고 세로치고 모함에 찢긴 몸

뒤집어 새로 치니

죄목은 나오지 않고 피만 흘러

한 송이 피 흘리는 사람 맞네

흔들지 마

낙엽이 누추하다며 떨어뜨린 바람님
그늘에서 여름내 쉬고 이제 배반이야?
몰아세우는 여세에 발붙일 수 없어
화합의 뜻을 알지 못하는 빙벽의 나무들
박수친 것 귓전에 지금 들리는데
실수 한두 번 일 년이면 얼마야
관심도 욕심도 없는 아이들 데리고 나와
촛불 켜들고 뭐하는지 모르겠네

인간다운 실수 빈번하게 반성하고 저질러
또 실수하고 사죄하면 용서하고 화해하는 일
사람 사는 일상이 아닌가?
어른을 배우는 아이들 뭐 가르치나
데모로 통하는 현장교육 가르치지 마
화해만 가르쳐, 세상 바꾸는 힘은 사랑
사랑을 가르치는 부모가 되어 봐…

가능성에 대하여

어제는 산이 생각나 산이라 썼습니다
사철 서 있는 나무를 쓰고
꽃이 열매가 낙엽이 진화하는 모습
내 속에 작은 우주 보는 대로 쓰니
세종대왕 웃으시는 모습이네요

쓰라는 명령 다 받아쑵니다
하라는 명령 들어줍니다
하고 싶은 일 다 하고 고단하다고
앉아 쉽니다
먹어주고, 입어주고 울고 웃네요
종일 나를 운전하는 차에 시동을 걸어
누비는 세상이네요
밤이 내일과 만나 가능성을 말하겠습니다

가을의 기억

허공에 손짓하는 낙엽의 수화
떨어지며 쓰는 가을편지
남은 이파리 밑에 사람들 웃고 떠들어
감성에 젖어 낭만을 노래하나
봄 여름내 익힌 착한 이름들
감, 대추, 밤 헤어지기 싫어 나무 밑에 옹기종기
떨어져 모여 슬픈 추억을 애기하는지…

익어 예쁜 얼굴이지만
생을 불 지르고 꺼지는 때는 오지
새생명이 웅크리고 있는 씨앗의 비밀
언제 아름다운 꿈을 저장했던가
쓸쓸한 겨울을 이어주고 가는 날
살아 꽃밭에 나란히 춤추는 시절이
언제나 멀어 꿈을 그리나, 그것은 희망
꽃피우는 순간을 생각해 빨갛게 설레나?

감기

심심한 내게 와
유행이니 받아보라 불 지핀다
온 몸 신열에 떠 하늘을 뱅뱅 돌아
떨어진 여기 어디인지 발붙일 곳 없는 세상

혼미한 나를 디디고 골수에
빌붙어 살 모양이다
뼛속까지 아픈데
회복의 실마리 풀리는 길 어디지
독감이 저승사자 모시고 다니나

예전엔 참 당당했는데
시간의 셈 수 느린 발걸음
뒤란 꽃길 임자 없는 평화 찾아
뛰어보나 달려보나
나를 짓누르는 너 누구야?

오늘

변화에게 몰려간 사람들
찾았다며 드론을 띄우고
깔깔대며 웃지만
세상을 잃었다는 사람
파산선고를 망설여 비관하지만
짚고 일어 설 해가 있고 이웃이 있는데
스스로 무너지는 게 제일 무섭다

안녕을 바라는 마음에 해는 저물어
큰 일 잠재워 꿈꾸지, 밤 잔 원수 없다
털고 일어서 하던 일하며 챙기는 일
원래 사람은 빈 몸 빈 마음으로 태어났으니
오늘 새로 태어난 셈으로 돌리면 돼
가난한 것은 아무 죄 아니다

거울

거울 앞에 속마음이 안 보여
속 보이는 인생으로 살련다

깨지는 꿈만 들이고 앉아
겉만 너울대는 어릿광대
굽히고 비위맞추는 짓 못해
진실 밝혀 수모 당해도
욕심이 보이지 않아
이기적인 세상사 파도쳐 웃지만
속마음 알고 싶고 궁금해
시꺼먼 속마음 인지능력 개발하면
죄진자 발붙일 수 없을 텐데…

산중턱에서

땀 흘려야 오를 수 있는 정상
거기 나무도 칡도 거침없이 오르다
지치면 쉬다 잠들어 꿈꾸나
오름을 지속하다 멎는 꿈
나의 무엇이 기다리나 가봐야 알지만
내리막에 선 구절초 보라색 예뻐
옆에 서보니 꽃 마음으로 살며
스스로 지어낸 율법을 지키는 목숨
타고난 재주 부리다 멈추니
비범한 깨달음 보게 되는 것을 알겠다
스치던 것 보이지 않던 것 차츰 본다

화해의 밤

악귀들이 광장에 모여

횃불을 켜 들고

민주야 나와 자유를 펴라

곰탱이 너도 나와라

잠자는 자 일어나

여기 탄핵의 밥상

12월의 진상이 차려진 곳

풍악을 울려라 아우성을 쳐라

목 아프도록 소리쳐 봐

악화가 선을 구축하는 마당에 모여

생떼를 써야 난세는 이어지고

불행이 무서워 도망치지 않을까?

오월의 장미

노란 봄빛 수다 한 마당 펴놓은 아직 인가?

꽃을 꿈꾸다 마중나간 새들은 왜 못 오는지?

장미 수레가 오니 숲을 비워라

장미를 위해 옷 한 벌 입히지 못하고

물 한 모금 드리지 못한 과오를 후회하며

돗자리 깔고 앉아 화합을 빌어본다

색색으로 밀려오는 장미 깃발

무심한 심장에 가시를 겨누어

뭉개던 겨울의 몽상을 지우고

합류하려는 너의 야심을 태우나

산뜻한 오월햇살에 묻어나는 장미를 그리는

악몽에 시달린 나날을 아무도 모른다

엇나가던 결별 이후 가장 추웠던 시절

하늘에 떠돌던 외로움 있기에

오색의 꽃 이파리 펴 네 외로움을 감싸 보지만

산딸나무 비수처럼 피어나는 저 꽃불

꺼지면 평화가 죽순처럼 장미를 지키러 오나?

오월에 줄져 오는 장미를 막지 마라

자화산自畵山

손 잡아주는 시간 다가와

바라보니

능선 오르는 자화산自畵山

빈 마음 한 몸으로

붉은 노을 자욱한 곳에 들어

애물단지 태어나

겁 없이 문 열고 나간다

걸어 세상 어찌 다 도나

기죽지 말고

마냥 뛰어라

새처럼 날아보던가

일 없이 늙어가며

나무 밑에 앉아

언제 오나 하늘이나 볼란다

눈 뜨는 날

ⓒ2017 김용하

초판인쇄 _ 2017년 6월 22일

초판발행 _ 2017년 6월 27일

지은이 _ 김용하

발행인 _ 홍순창

발행처 _ 토담미디어

서울 종로구 돈화문로 94(와룡동) 동원빌딩 302호

전화 02-2271-3335

팩스 0505-365-7845

출판등록 제2-3835호(2003년 8월 23일)

홈페이지 www.todammedia.com

편집미술 _ 김연숙

ISBN 979-11-86129-73-9